Digaagaddii Yarayd ee Casayd iyo Midhihii Sarreenka

The Little Red Hen and the Grains of Wheat

Retold by L. R. Hen

Illustrated by Jago

Somali translation by Adam Jama

mantra lingua

Maalinbaa iyadoo Digaagaddii Yarayd ee Casayd dhexmaraysa
banaanka beerta ayay waxay heshay midho sarreen ah.
''Balmaan beero sarreenkan,'' ayay ku fekertay. ''Laakiin waxaan
u baahanahay caawimo.''

One day Little Red Hen was walking across the farmyard when she found
some grains of wheat.
"I can plant this wheat," she thought. "But I'm going to need some help."

Digaagaddii Yarayd ee Casayd ayaa u yeedhay xawayaankii kale ee
beerta ku noolaa:
''Kumaa igacaawinaya beerista sarreenkan?''
''Maaha aniga,'' ayay tidhi bisaddii, ''aad baan mashquul u ahay.''
''Maaha aniga,'' ayuu yidhi eeygii, ''aad baan mashquul u ahay.''
''Maaha aniga,'' ayuu yidhi digirrinkii, ''aad baan mashquul u ahay.''

Little Red Hen called out to the other animals on the farm:
"Will anyone help me plant this wheat?"
"Not I," said the cat, "I'm too busy."
"Not I," said the dog, "I'm too busy."
"Not I," said the goose, "I'm too busy."

"Haddaba waa inaan keligay beeraa," ayay tidhi
Digaagaddii Yarayd ee Casayd.
Midhihii sarreenka ayay soo qaadday oo beertay.

"Then I shall do it all by myself," said Little Red Hen.
She took the grains of wheat and planted them.

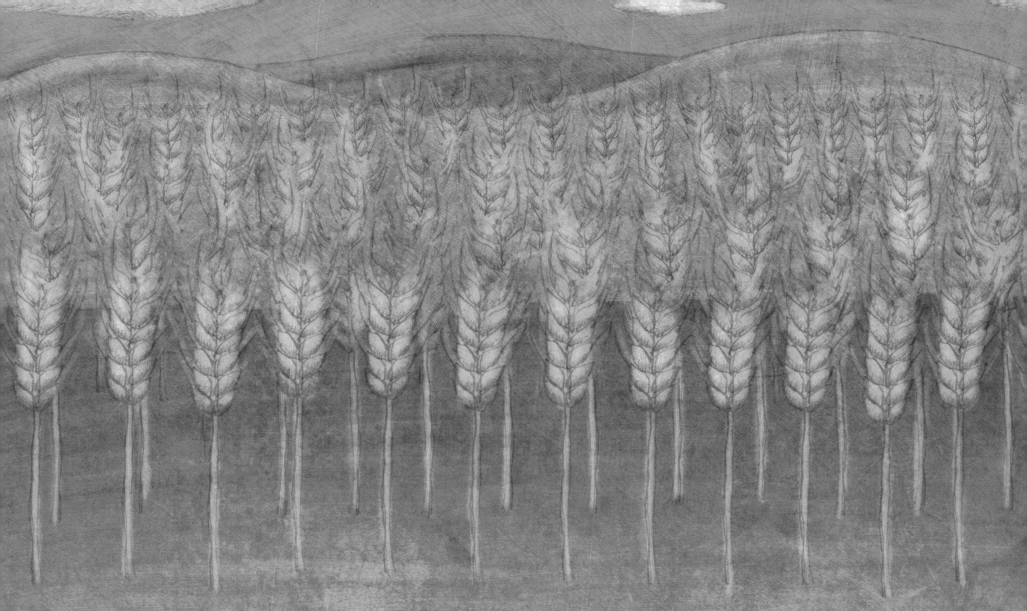

Daruurihii ayaa da'ay qorraxduna way ifisay. Sarreenkii ayaa xoog u baxay, dheeraaday oo midab dahabi ah yeeshay. Maalin baa Digaagaddii Yarayd ee Casayd aragtay sarreenkii inuu bislaaday. Markaa wuxuu u diyaar ahaa in la jaro.

The clouds rained and the sun shone. The wheat grew strong and tall and golden. One day Little Red Hen saw that the wheat was ripe. Now it was ready to cut.

Markaasaa Digaagaddii Yarayd ee Casayd u yeedhay xawayaankii kale:
"Kee baa ila jaraaya sarreenka?"
"Maaha aniga," ayay tidhi bisaddii, "aad baan mashquul u ahay."
"Maaha aniga," ayuu yidhi eeygii, "aad baan mashquul u ahay."
"Maaha aniga," ayuu yidhi digirrinkii, "aad baan mashquul u ahay."

Little Red Hen called out to the other animals:
"Will anyone help me cut the wheat?"
"Not I," said the cat, "I'm too busy."
"Not I," said the dog, "I'm too busy."
"Not I," said the goose, "I'm too busy."

"Haddaba waa inaan keligay jaraa," ayay tidhi Digaagaddii Yarayd ee Casayd.
Markaasay intay majo qaadatay ayay sarreenkii oo dhan jartay.
Dabadeed xidhmooyin ayay isugu xidhay.

"Then I shall do it all by myself," said Little Red Hen.
She took a sickle and cut down all the wheat. Then she tied it into a bundle.

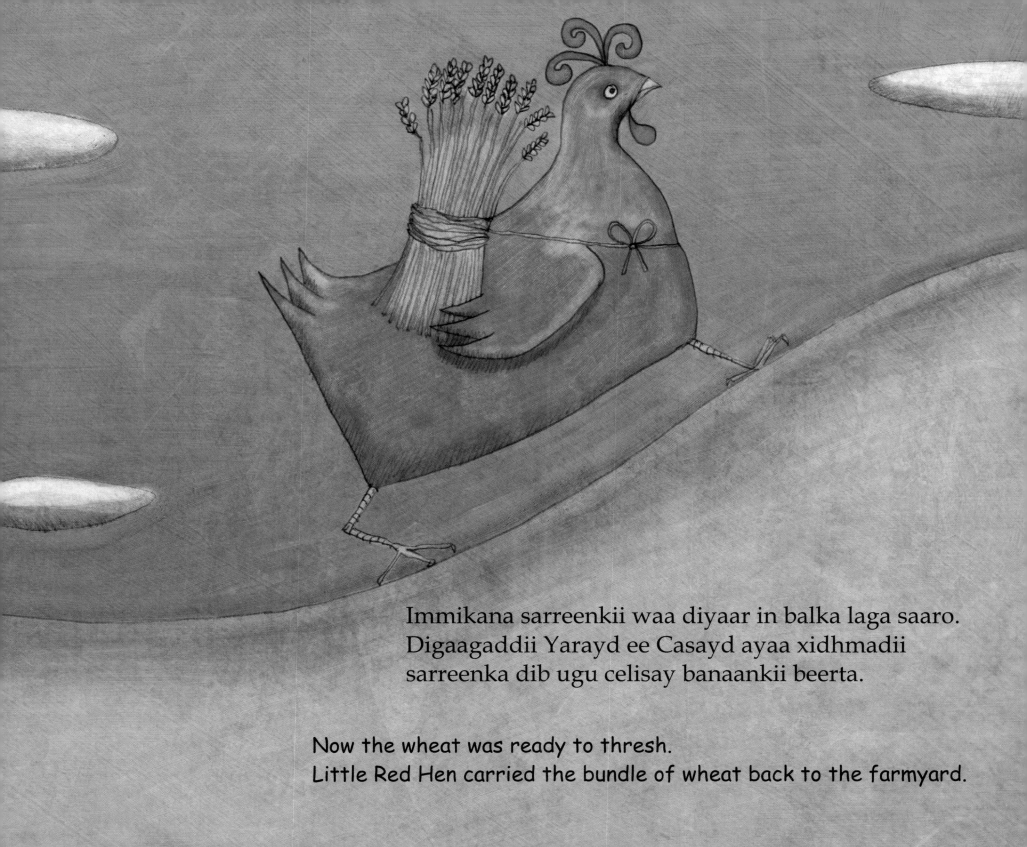

Immikana sarreenkii waa diyaar in balka laga saaro.
Digaagaddii Yarayd ee Casayd ayaa xidhmadii
sarreenka dib ugu celisay banaankii beerta.

Now the wheat was ready to thresh.
Little Red Hen carried the bundle of wheat back to the farmyard.

Markaasaa Digaagaddii Yarayd ee Casayd u yeedhay xawayaankii kale:
''Kee baa sarreenka balka igala saaraya?''
''Maaha aniga,'' ayay tidhi bisaddii, ''aad baan mashquul u ahay.''
''Maaha aniga,'' ayuu yidhi eeygii, ''aad baan mashquul u ahay.''
''Maaha aniga,'' ayuu yidhi digirrinkii, ''aad baan mashquul u ahay.''

Little Red Hen called out to the other animals:
"Will anyone help me thresh the wheat?"
"Not I," said the cat, "I'm too busy."
"Not I," said the dog, "I'm too busy."
"Not I," said the goose, "I'm too busy."

"Haddaba waa inaan keligay ka saaraa," ayay tidhi Digaagaddii Yarayd ee Casayd.

"Then I shall do it all by myself!" said Little Red Hen.

Maalintii oo dhan ayay sarreenkii balkii ka saaraysay.
Markay dhammaysay ayay buudhigeedii saartay.

She threshed the wheat all day long.
When she had finished she put it into her cart.

Immikana sarreenkii wuxuu diyaar u ahaa in la ridqo oo daqiiq loo beddelo. Laakiin Digaagaddii Yarayd ee Casayd aad bay u daashay markaasay ku noqotay balbaladii isla markiibana hurdo ayay gashay.

Now the wheat was ready to grind into flour. But Little Red Hen was very tired so she went to the barn where she soon fell fast asleep.

Subaxdii xigtay ayay Digaagaddii Yarayd ee Casayd u yeedhay xawayaankii kale:
''Kee baa sarreenka u qaadaaya warshadda daqiiqda?''
''Maaha aniga,'' ayay tidhi bisaddii, ''aad baan mashquul u ahay.''
''Maaha aniga,'' ayuu yidhi eeygii, ''aad baan mashquul u ahay.''
''Maaha aniga,'' ayuu yidhi digirrinkii, ''aad baan mashquul u ahay.''

The next morning Little Red Hen called out to the other animals:
"Will anyone help me take the wheat to the mill?"
"Not I," said the cat, "I'm too busy."
"Not I," said the dog, "I'm too busy."
"Not I," said the goose, "I'm too busy."

"Haddaba waa inaan keligay qaadaa,"
ayay tidhi Digaagaddii Yarayd ee Casayd.
Buudhigii ayay intay sarreen ka buuxisay ayay
jiidday illaa warshadda daqiiqda.

"Then I shall go all by myself!" said Little Red Hen.
She pulled her cart full of wheat and wheeled it all the way to the mill.

Ninkii warshadda daqiiqda joogay ayaa sarreenkii ridqay oo daqiiq u rogay.
Immikana waxay diyaar u ahayd in roodhi laga sameeyo.

The miller took the wheat and ground it into flour.
Now it was ready to make a loaf of bread.

Markaasaa Digaagaddii Yarayd ee Casayd ayaa u yeedhay xawayaankii kale:
''Kee baa daqiiqdan roodhilaha iila gaynaaya?''
''Maaha aniga,'' ayay tidhi bisaddii, ''aad baan mashquul u ahay.''
''Maaha aniga,'' ayuu yidhi eeygii, ''aad baan mashquul u ahay.''
''Maaha aniga,'' ayuu yidhi digirrinkii, ''aad baan mashquul u ahay.''

Little Red Hen called out to the other animals:
"Will anyone help me take this flour to the baker?"
"Not I," said the cat, "I'm too busy."
"Not I," said the dog, "I'm too busy."
"Not I," said the goose, "I'm too busy."

''Haddaba waa inaan keligay qaadaa,'' ayay tidhi Digaagaddii Yarayd ee Casayd.
Jawaankii cuslaa ee daqiiqda ahaa ayay u sii qaaday ilaa iyo roodhilihii.

"Then I shall go all by myself!" said Little Red Hen.
She took the heavy sack of flour all the way to the bakery.

Roodhilihii ayaa daqiiqdii ku daray yiis, biyo, sonkor iyo milix.
Markaasuu saanjaddii roodhida lagu samayn jiray geliyay moofadii oo dubay.
Markuu diyaariyay roodhidii ayuu siiyay Digaagaddii Yarayd ee Casayd.

The baker took the flour and added some yeast, water, sugar and salt.
He put the dough in the oven and baked it.
When the bread was ready he gave it to Little Red Hen.

Digaagaddii Yarayd ee Casayd ayaa u sii qaaday
roodhidii cusbayd ee la dubay ilaa iyo banaanka beertii.

Little Red Hen carried the freshly baked
bread all the way back to the farmyard.

Digaagaddii Yarayd ee Casayd ayaa u yeedhay xawayaankii kale:
"Kee baa ila cunaaya roodhidan cusub ee dhadhanka fiican?"

Little Red Hen called out to the other animals:
"Will anyone help me eat this tasty fresh bread?"

"Aniga," ayuu yidhi eeygii,
"mashquul ma ihi."

"I will," said the dog, "I'm not busy."

"Aniga," ayuu yidhi digirrinkii,
"mashquul ma ihi."

"I will," said the goose, "I'm not busy."

''Aniga,'' ayay tidhi bisaddii, ''mashquul ma ihi.''

"I will," said the cat, "I'm not busy."

''Ooh, Taa waa inaan ka soo fekeraa!'' ayay tidhi Digaagaddii Yarayd ee Casayd.

"Oh, I'll have to think about that!" said Little Red Hen.

Digaagaddii Yarayd ee Casayd ayaa ku martiqaaday ninkii warshadda daqiiqda iyo roodhilihiiba roodhidii macaanayd iyadoo saddexdii xawayaan ee kale sidaa u arkayaan.

The Little Red Hen invited the miller and the baker to share her delicious bread while the three other animals all looked on.

key words

little	yar	clouds	daruuro
red	casaan	rain	roob
hen	digaagad	sun	qorrax
farmyard	banaanka beerta	ripe	bisil
farm	beer	plant	abqaal
goose	digirrin	cut	goo ama jar
dog	eey	sickle	majo
cat	bisad	bundle	xidhmo
wheat	sarreen	thresh	kalasaarid
busy	mashquul	grind	ridqid

flour	daqiiq	tasty	dhadhan fiican
the mill	warshadda daqiiqda	fresh	cusub
miller	daqiiq sameeyaha	delicious	macaan
ground	dhulka	all	dhammaan
bread	roodhi	she	iyada
baker	roodhile	he	isaga
yeast	yiis		
water	biyo		
sugar	sonkor		
salt	milix		

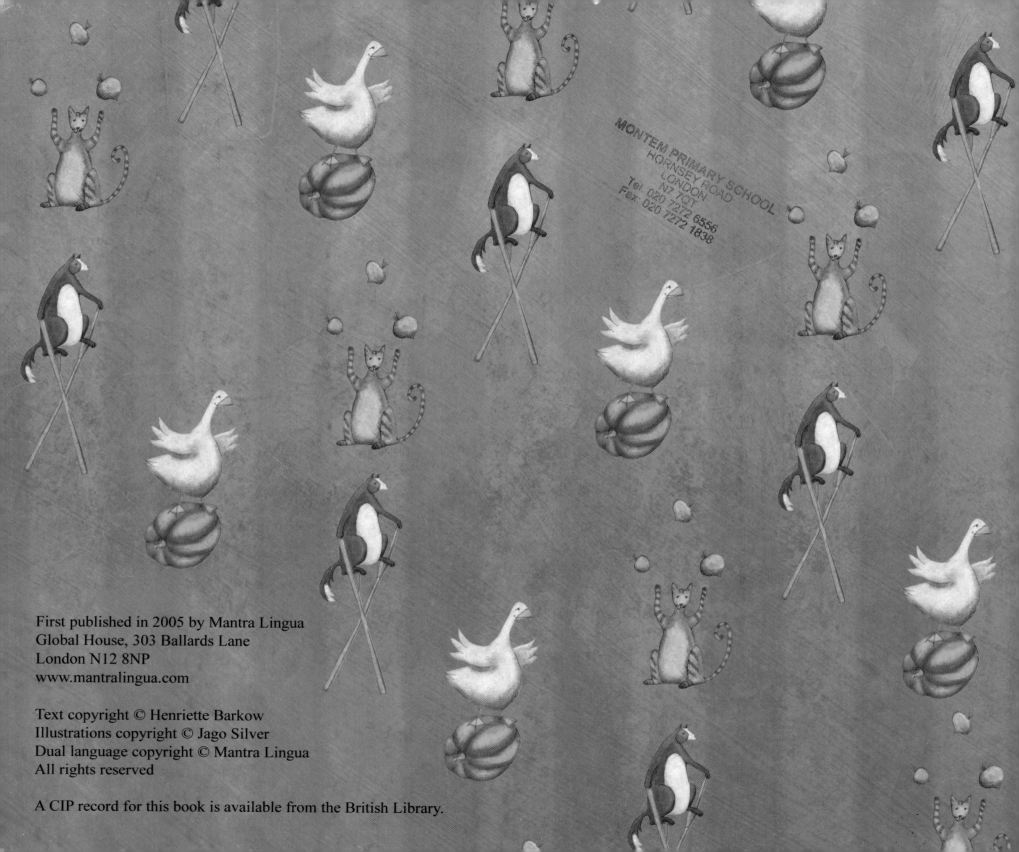

First published in 2005 by Mantra Lingua
Global House, 303 Ballards Lane
London N12 8NP
www.mantralingua.com

A CIP record for this book is available from the British Library.